PIADAS DE SACANEAR CORINTIANO

(Para alegria de palmeirense)

PIADAS DE SACANEAR CORINTIANO

(para alegria de palmeirense)

**Recontadas por Luís Pimentel
Ilustradas por Amorim**

Copyright 2008 © Luís Pimentel

RECONTADAS POR
Luís Pimentel

ILUSTRAÇÕES
Amorim

REVISÃO
Graça Ramos

Coleção Piadas de Sacanear
Marca Registrada por Myrrha Comunicação Ltda.

CIP-BRASIL. CATALOGAÇÃO-NA-FONTE
SINDICATO NACIONAL DOS EDITORES DE LIVROS, RJ

P699p
Pimentel, Luís, 1953-
Piadas de sacanear corintiano : (para alegria de palmeirense) / recontadas por Luís Pimentel ;
ilustradas por Amorim. - Rio de Janeiro : Mauad X, 2007.
il. -(Piadas de sacanear)
ISBN 978-85-7478-244-7
1. Sport Club Corinthians Paulista - Anedotas. 2. Futebol - Anedotas. 3. Humorismo
brasileiro. I. Amorim (Ilustrador). II. Título. III. Série.

07-4186.	CDD: 869.97
	CDU: 821.134.3(81)-7
06.11.07 06.11.07	004178

Todos os direitos reservados.
A reprodução não autorizada por escrito, no todo ou em parte,
por quaisquer que sejam os meios, constitui violação das leis em vigor.

Myrrha Comunicação
Av. Marechal Câmara, 160/401
CEP: 20020-080 – Castelo – Rio
de Janeiro/RJ
021 – 2220.4609
myrrhacomunicacao@gmail.com

Mauad Editora
Rua Joaquim Silva, 98 – 5º Andar
CEP:20241-110
Lapa – Rio de Janeiro/RJ
021 – 3479.7422
mauad@mauad.com.br

2008! Uma torcida de "primeira", marcha célere rumo à segunda!

O PEQÜESTRADOR

Final de ano, o pequeno torcedor do Curingão resolve escrever uma carta para o Papai Noel:
– Querido Papai Noel, eu fui um bom menino durante todo o ano. Gostaria de ganhar uma bicicleta.

O menino olha para o texto e, insatisfeito com o resultado, amassa a folha e escreve novamente:
– Papai Noel, fui um bom menino durante boa parte do ano. Por favor, descola aí uma bicicleta para o garotão aqui.

Novamente o corintiano se mostra insatisfeito com a redação.

Pensa um pouco (coisa rara entre os gaviões), vai até o presépio que já está montado na sala, pega o Menino Jesus, tranca-o em uma gaveta e volta a escrever:
– Virgem Maria, seqüestrei o seu filho! Se quiser vê-lo novamente, me mande uma bicicleta.

CABEÇA VAZIA

Era um típico centroavante corintiano. No dia do exame médico, ele perguntou ao doutor:
– O que o senhor achou na minha radiografia da cabeça?
O médico foi sincero:
– Não achei nada.

DÁ-LHE, SEU VICENTE!

Vicente Matheus – lembram dele? A mais perfeita tradução da alma corintiana – morreu e foi para o céu (Deus é bom e acaba perdoando, né?).

Chegando lá, após uma breve entrevista, São Pedro pediu para ele ficar quinze dias na ala dos filósofos, para que aprimorasse a sua cultura.

No dia seguinte, preocupado com a decisão que tinha tomado, São Pedro foi até a ala dos filósofos e pela fresta da janela surpreendeu Confúcio conversando com o grande Vicente.

– Quantas vezes vou ter de repetir, Seu Matheus!? – perguntava o grande filósofo, muito irritado.

E prosseguia:

– *Epístola* não é a mulher do apóstolo. *Eucaristia* não é o aumento do custo de vida. *Encíclica* não é bicicleta de uma roda só. Quem tem parte com o diabo não é *diabético*. Quem trabalha na Nasa não é *nazista*. Jesus Cristo morreu na Galiléia, e não de *gonorréia*. E meu nome é Confúcio! *Pafúncio* é a puta que o pariu!!!

É MENTIRA!

Esta é do tempo em que o argentino Tevez ainda enganava a torcida, com a camisa do Corinthians.

Um homem chega desesperado na delegacia e fala ao delegado:

— Doutor, eu matei o Tevez!

— O argentino, jogador do Corinthians? E como foi isso?

— Passei com o carro por cima dele!

— Então o senhor não o matou, foi um acidente de trânsito!

— Mas na tentativa de prestar socorro, eu dei marcha à ré e passei de novo por cima dele!

— Mas o senhor ainda tentou prestar socorro! Em acidentes de trânsito, prestar socorro é atenuante. Não se preocupe.

— Mas Doutor, eu ainda peguei o corpo, joguei no porta-malas do carro e fiquei rodando com ele durante três horas, sem saber o que fazer!

— Meu amigo, isso é muito comum. Quando nos envolvemos em acidentes de trânsito, ficamos meio atordoados mesmo. Não se preocupe!

— Mas doutor, eu acabei enterrando ele num terreno baldio!

— Meu amigo, você fez muito bem! Deixar um corpo ser comido por urubus não é uma atitude muito cristã! Vá para casa e descanse, que eu resolvo essa questão para você.

— Mas doutor, enquanto eu o enterrava ele ficava gritando: "Estoy vivo! Estoy vivo!"

— E você vai ficar dando atenção para argentino, e ainda por cima corintiano? Não sabia que são todos uns mentirosos?

DIA DE FOLGA

Pai e filho vão saindo de um jogo do Palmeiras, quando passa um camburão vazio. O garoto se mostra impressionado:
– Olha, pai! Ninguém foi preso hoje!
– E o pai, paternal:
– Claro, filho. É que o Corinthians só joga amanhã.

QUEM É QUEM

Palmeirense com uniforme = Coronel

Corintiano com uniforme = Porteiro

Palmeirense com arma = Praticante de tiro

Corintiano com arma = Assaltante

Palmeirense fresco = Playboy

Corintiano fresco = Viado

Palmeirense com maleta = Executivo

Corintiano com maleta = Office-boy

Palmeirense com chofer = Milionário

Corintiano com chofer = Presidiário

Palmeirense com sandálias = Turista

Corintiano com sandálias = Mendigo

Palmeirense que come muito = Bem alimentado

Corintiano que come muito = Esfomeado

Palmeirense lendo jornal = Intelectual

Corintiano lendo jornal = Desempregado

Palmeirense se coçando = Alérgico

Corintiano se coçando = Sarnento

Palmeirense correndo = Esportista

Corintiano correndo = Ladrão

Palmeirense vestido de branco = Médico

Corintiano vestido de branco = Pai-de-santo

Palmeirense pescando = Lazer

Corintiano pescando = Vagabundo

Palmeirense subindo morro = Rapel

Corintiano subindo morro = Voltando para casa

Palmeirense em restaurante = Cliente

Corintiano em restaurante = Garçom

Palmeirense bem vestido = Executivo

Corintiano bem vestido = Estelionatário

Palmeirense barrigudo = Bem-sucedido

Corintiano barrigudo = Com vermes

Palmeirense coçando a cabeça = Pensativo

Corintiano coçando a cabeça = Piolhento

Palmeirense parado na rua = Pedestre

Corintiano parado na rua = Suspeito

Palmeirense de terno = Empresário

Corintiano de terno = Defunto ou estelionatário

Palmeirense dirigindo = Proprietário de automóvel

Corintiano dirigindo = Chofer

Palmeirense em loja = Vou levar

Corintiano em loja = Tentando aplicar golpe

Palmeirense traído = Adultério

Corintiano traído = Corno

LIVRE DELES

– O que significa o time inteiro do Corinthians, juntamente com todos os seus gaviões, na lua?
 – Paz na terra.

PERGUNTAR NÃO OFENDE

Por que um garoto torce para o Palmeiras?
— Porque o seu pai é palmeirense e ele gosta do pai.
Por que um garoto torce para o São Paulo?
— Porque o seu pai é tricolor e ele gosta do pai.
Por que um garoto torce para o Corinthians?
— Porque ele não tem pai.

O APELO DA FANHA

Corintiana fanha, chegada a um arrasta-pé, vai a um forró de sexta-feira na Barra Funda e lá conhece um ídolo, zagueirão do seu time, sujeito grosso que só papel de embrulhar prego.

Escorregam até um motel das redondezas e, na hora que a coisa está quente, a fanha diz:

– Eu hos-to de ah-anhar um hou-co. Bahe um pu-hi-nho na miha bun-ha.

O zagueiro começa, então, a dar uns tapinhas na bunda da corintiana. Dá dois, três tapinhas e ela começa a pedir:

– Bahe mais fohe!

Ele bateu mais forte.

– Bahe mais fohe!!

E o tapa foi maior.

– Bahe mais fohe!!!

E tome-lhe palmadas. Cada uma mais violenta.

Não agüentando mais, a moça pulou da cama, pegou um pedaço de papel, escreveu e mostrou para o animal o que ela estava pedindo:

"Bate, mas fode!"

BOLA DIVIDIDA

PERGUNTAR NÃO OFENDE

— Como entreter um corintiano durante horas?
— Basta lhe dar uma folha de papel onde está escrito "leia no verso", nos dois lados.

QUEBRA-QUEBRA

— Sabe qual a diferença entre um zagueiro do Corinthians e o Barrichello?
— Nenhuma, ambos entram sempre para quebrar.

NO AÇOUGUE

Num badalado e gigantesco açougue de São Paulo, chega de repente uma exuberante Ferrari vermelha. Dela sai um torcedor do São Paulo, que chega para o açougueiro e pergunta:
— O senho tem picanha?
— Tenho, sim — responde o açougueiro.
— Corte para mim dez peças — diz o são-paulino, pagando imediatamente com notas de 100 dólares e saindo logo após.

Passados dez minutos, chega uma BMW. Dela sai um palmeirense, que chega para o açougueiro e pergunta:
— O senhor tem alcatra?
— Tenho, sim — responde o açougueiro, sorridente ainda por conta da última venda.
— Corte 25 quilos — pede o palmeirense, que recebe, paga com cartão de crédito e vai embora.

Logo depois, o açougueiro recebe um santista, em uma Mercedes.
— O senhor tem filé mignon?
— Tenho, sim — responde o contente açougueiro...

— O senhor corte 30 quilos, por favor — diz o santista, que paga a mercadoria com notas de 100 reais, saindo logo após.

De repente, chega um Corcel. Bem velho e todo enferrujado, com um adesivo escrito "XIKI NU ÚRTIMO" numa lateral, outro no pára-brisa, "É NÓIS NA FITA, MANO!!!" e, por último, um pegando o vidro traseiro inteiro, "É DEUS NO CÉU E NÓIS NO CORCEL", de onde sai um brutamontes com a camiseta e o gorrinho do Corinthians, que diz para o açougueiro:

— E aí, mano, cê tem braço?

— Tenho, sim — responde o açougueiro.

— Então bota eles pra cima que é um *assarto*, tá ligado?!

OFERTA

Um consumidor diz ao outro:
– Sabias que o Corinthians está vendendo automóveis aos sócios, com preços promocionais? Estão baratíssimos!
– E por que são mais baratos?
– Eles vendem sem buzinas, porque corintiano nunca tem o que festejar.

VENDO COISAS

De tanto beber, aquele histórico goleador do Corinthians começou a ver coisas.

— Doutor, não posso mais passar as noites na concentração. É só ficar trancado num quarto de hotel que começo a ver um juiz e dois bandeirinhas embaixo da minha cama.

— Você já viu um psicólogo? – perguntou o médico.

— Não, não. Só um juiz e dois bandeirinhas.

O SONHO DO ESTÁDIO REMODELADO

Um corintiano e um palmeirense andavam juntos pela rua (coisa rara) quando, de repente, encontraram uma lâmpada mágica.

O gavião da fiel não pensou duas vezes e pulou em cima da lâmpada. Rapidamente, ele a esfregou e um gênio apareceu. Ao sair da lâmpada, o gênio se deparou com uma discussão entre os dois, pois o palmeirense dizia que eles encontraram juntos a lâmpada e, portanto, ambos deveriam ter direito aos pedidos.

Gentilmente, o gênio agradeceu aos dois por terem-no libertado e disse que concederia um desejo a cada um deles.

O corintiano, então, disse que seu desejo era ver o estádio do Parque São Jorge todo remodelado. E que fosse criado, dentro do estádio, um país onde somente existissem corintianos.

Pediu ainda que os membros desta nação não se misturassem com os outros, pois, segundo ele, os demais seriam a ralé. E mais: queria um muro com dez metros de espessura e cinqüenta metros de altura, em torno de todo o Parque São Jorge, para que ninguém pudesse entrar, nem sair.

Dito isto, o gênio estalou os dedos e... pronto! Foi criado o tal país, com o fabuloso muro de dez metros de espessura e cinqüenta metros de altura.

Então chegou a vez do palmeirense, que perguntou:

— Gênio, o tal muro é muito alto mesmo?

— Cinqüenta metros, meu amo!

— E o muro é muito resistente?

— Concreto de primeira. Agüenta até trombada de avião e nem balança.

— E os gaviões da fiel já estão todos lá dentro?

— Sim, meu amo!

— Não dá para entrar nem para sair ninguém de lá?

— Não escapa viva alma, meu amo!

— Então, gênio, o meu pedido é: ENCHE TUDO D'ÁGUA!!!

BOLINHA

No Parque São Jorge, ele era a alegria do grupo. Para a felicidade geral da nação corintiana, era burro igual a uma porta. Mas um dia caiu a ficha e ele foi procurar o médico do clube.

— Doutor, eu queria que o senhor me desse alguma coisa para eu ficar mais esperto.

— Tome dois comprimidos destes por dia e volte daqui a uma semana.

Na semana seguinte...

— Doutor, acho que não fez muito efeito.

O médico repetiu a dose. Passou outra semana...

— Sinceramente, doutor: eu sei que não fiquei muito esperto. O senhor tem certeza de que esse remédio não é apenas bolinha de açúcar?

E o médico:

— Muito bem! Começou a fazer efeito!

VELOCIDADE MÁXIMA

O Corinthians nunca teve um ponta-direita mais veloz. Era um verdadeiro fenômeno.

Um dia ele procurou o médico do clube:

— Doutor, estou achando que sou um piloto de Fórmula Um. O que eu faço?

E o médico do Curingão, agindo naturalmente:

— Tome dois destes comprimidos a cada três voltas no campo.

NEGATIVISMO

– Qual a diferença entre um corintiano e uma pilha?
– A pilha tem lado positivo!

GOL DE BAFO

Ele marcou época no ataque do Corinthians. Era o artilheiro que bebia mas fazia, e muitos jogos importantes ele decidiu no último minuto, com gol "de bafo".

Numa ocasião, foram buscar o craque na "zona" para entrar em campo. Assinou a súmula completamente bêbado. Mas sempre tinha uma bela desculpa:

— A culpa foi do doutor — dizia ele para o treinador. — Foi ele que fez isso.

— O quê? O médico?

— Ele me examinou e me receitou uns negócios. Escreveu num papel, mas não entendo muito de letra de médico. Só consegui ler embaixo, onde estava escrito: "Pinga três vezes ao dia".

ANTIDOPING

Quando disputou a última Libertadores da América (faaaaaz é teeempo), um jogador do Corinthians foi sorteado para o exame antidoping.

Entrou em desespero. Na véspera, ele tinha escapado da concentração e passara a noite no cassino do hotel, na maior farra.

Quando saiu o resultado, o funcionário encarregado do exame o chamou num canto e disse:

— Tenho más notícias.
— Pode contar, estou preparado.
— O uísque era falsificado!

COLESTEROL

Certo dia o volante corintiano voltou do Departamento Médico com as pernas abertas. Na concentração, o companheiro de quarto lhe perguntou:

– Por que você está andando de pernas abertas, todo esquisito?

– Ordens do doutor. Ele disse que eu estou com o colesterol alto.

– Uma coisa é uma coisa, outra coisa é outra coisa. O que tem uma coisa a ver com outra?

– É que ele disse que, por causa do colesterol alto, não devo nem tocar nos ovos!

OXIGÊNIO

Duas coisas ninguém podia negar daquele artilheiro corintiano: era bonitão, mas feio de bola. Como se não bastasse a perseguição da torcida, certo dia foi ao Departamento Médico, completamente arrasado:

– Doutor, não dá mais pra viver assim!

– Compreendo... o gol é o oxigênio do artilheiro!

– Não é isso, é pior! Morro de vergonha do meu pênis. Já pensei até em suicídio!

O médico fez o seu papel, tranqüilizador:

– Calma, calma, calma! Não deixe que uma coisinha miúda, como esta, o leve ao desespero!

APOIO MORAL

Tinha um tempo em que o Viagra só era vendido sob receita médica e o Departamento Médico do Corinthians nunca se negou a dar apoio moral em casos de urgências urgentíssimas.

– Por favor, doutor, me ajude! Vou sair com três louras espetaculares e não posso falhar – disse, um dia, um atleta do clube.

– Bem, toma aqui uma receita de Viagra. Mas só toma um comprimido, porque mais de um pode dar problema.

O craque do Curingão foi para o hotel e tomou todos os comprimidos de Viagra e mais um. No dia seguinte, ele voltou ao Departamento Médico do Parque São Jorge.

– Pelo amor de Deus, doutor... me arranje alguma coisa que alivie esta dor insuportável no meu braço!

– No braço?

– Pois é. As louras não apareceram!

TORCIDA MAIOR

Torcedor do Corinthians, como se sabe, dá a maior importância a essa bobagem de ser apontado como o clube de maior torcida de São Paulo, como se a quantidade de torcedores pudesse melhorar a porcaria que tem sido o time em campo.

Daí que o corintiano estava na sala de espera da maternidade, pois seria pai pela primeira vez, e estava eufórico:

– Oba! Vai nascer mais um curinguinha para aumentar a nossa torcida; e passaremos a ser maioria absoluta!

O feliz papai estava distribuindo charutos, junto à porta com uma bandeira do "Timão" pendurada, quando apareceu o obstetra:

– Pai, temos duas notícias. Uma boa, outra ruim.

O fanático pediu logo a boa notícia. O médico disse:

– Parabéns! O senhor é pai de trigêmeos!

O papai pulou de alegria, pois seriam três corintianos a mais. E não apenas mais um.

– Mas, doutor, e a notícia ruim?

– É que eles nasceram com o escudo do Verdão no peito!

BOLA DIVIDIDA

GRITO ANIMAL

Um corintiano pergunta ao seu amiguinho palmeirense:
– Quer ver o meu pai imitar um lobo?
– Sim, quero ver!
E o moleque grita para dentro de sua casa:
– Papai, lembra da última surra que o Curingão levou do Palmeiras?!
E pai, lá dentro:
– UUUUUUuuuuuuuuuuhhhhhhhhh....!!!!

EXAME DE ADMISSÃO PARA SE TORNAR TORCEDOR DO CORINTHIANS FANÁTICO

Onde fica a capital da Argentina?
a) Perto daqui.
b) Longe.
c) Por aí.

De que religião é o papa?
a) Turco.
b) Italiano.
c) Daltônico.

Quantas jardas equivalem a 0 metros?
a) A menos de um metro.
b) A mais de um metro.
c) Me cansei, é muita coisa pra contar.

Se tenho três maçãs e como uma, com quantas fico?
a) Não estava escutando.
b) Três na mão e uma no estômago.
c) Não sei, não gosto de maçãs.

Quem é a Mona Lisa?
a) Um animal sem rugas.
b) Uma dona gorda.
c) Um quadro que está num zoológico de Paris.

PERGUNTAR NÃO OFENDE

– O que tem quarenta mil braços, quarenta mil pernas e apenas onze dentes?
– Torcida corintiana completa.

OUTRA CHANCE

Bem antigamente, a diretoria do Corinthians precisou arrecadar fundos para comprar duas redes novas para o estádio do Parque São Jorge, porque as duas velhas tinham sido destroçadas pelos atacantes botinudos.

No intervalo do jogo haveria uma promoção que era assim: um torcedor seria sorteado e, se respondesse corretamente a uma pergunta ganharia um carro. Houve o sorteio e o felizardo corintiano ficou todo contente. Logo o locutor do estádio lhe explicou as regras do jogo e lançou a pergunta:

– Vou fazer uma pergunta bem fácil para o senhor poder ganhar o carro – discursou o presidente.

– Pois bem, pode mandar – devolveu o felizardo.

– Vamos lá, quanto são 2+2?

O sujeito pensou, pensou e respondeu 5. Aí toda a torcida presente começou a gritar, em coro:

"Dá outra chance a ele, dá outra chance a ele..."

O presidente, atendendo ao pedido da torcida, deu outra chance e lançou uma nova pergunta.:

– Esta é fácil! Quanto dá 14 – 4?

Outra vez o camarada pensou, pensou e respondeu: 11.

Aí, novamente a torcida repete em coro:

"Dá outra chance a ele, dá outra chance a ele..."

Sem hesitar, o presidente do Corinthians diz que iria dar mais uma chance, mas que seria a última, fazendo logo em seguida uma nova pergunta:

– Quanto dá 8+8?

Dessa vez, sem pensar muito, o torcedor do Curingão responde que o resultado é 16.

Aí, a torcida recomeçou:

"Dá outra chance a ele, dá outra chance a ele..."

O PREPARADOR FÍSICO

O Corinthians adora contratar cientistas malucos para o seu Departamento de Futebol. Preparador físico, para trabalhar no Timão, tem que ter, no mínimo, doutorado na Sibéria. Um dos últimos preparadores físicos era perfeito: perfeito maluco.

O cara descobriu um *spa* que garantia resultados realmente rápidos para tratamento de obesidade. Foi conferir e o gerente explicou:

— Nós trabalhamos com dois pacotes. No primeiro, você paga cem reais e perde dez quilos em dois dias. No segundo, o preço é maior: mil reais. Mas você perde trinta quilos no mesmo tempo.

O preparador físico optou pelo plano mais barato e resolveu ele mesmo testar os exercícios, antes de mandar algum jogador para lá. E, por que não?, ele também estava precisando perder alguns quilos.

Foi para o quarto do *spa* e desfez a bolsa de viagem. De repente, entra no quarto uma loura maravilhosa que diz:

— Se você me pegar, você faz amor durante horas comigo!

Ele saiu feito louco atrás da loura, correu pelo *spa* inteiro e nada de conseguir alcançar aquele monumento de mulher.

Depois de meia hora correndo, descobriu que já tinha perdido dois quilos. Pensou e concluiu que se por cem reais tinham mandado uma loura daquelas, imagine se pagasse os mil reais.

Pensou mais um pouco e resolveu que valia a pena. Já imaginou? Uma morena, uma ruiva, depois outra loura...

Pagou os mil reais e foi pro quarto esperar.

Minutos depois, entra pela porta um brutamontes halterofilista, com um escudo do Verdão no peito, que foi logo avisando:

– Se eu te pegar, gavião... crau!!!

FILHINHO DE PAPAI

Apesar da imensa torcida de origem humilde, o Corinthians também tem muito torcedor metido a besta. Alguns jovens gaviões, apesar de bobos, se consideram filhos de "otoridade", deputado, senador, quando não, desembargador.

Um policial militar solicitou os documentos do jovem corintiano e o mesmo, com o nariz empinado, todo cheio de soberba e se achando o rei do mundo, falou:

– Você, por acaso, sabe quem é o meu pai?

O policial, sem perder a calma, respondeu:

– Não sei! Mas talvez sua mãe saiba...

LÓGICA CORINTIANA

Aconteceu numa daquelas pizzarias das imediações do Parque São Jorge, que ficam sempre cheias de corintianos nos dias de jogos.

Encosta um fanático no balcão e pede uma pizza de muzzarela.

– Você prefere a pizza cortada em seis ou em oito pedaços? – pergunta o italiano.

– Corta em seis! Oito pedaços é muita coisa.

MÁXIMO PRAZER

O palmeirense morre e vai direto para o céu, onde abundam os coros de anjos, as comidas que não engordam, as virgens dos lábios de mel e a alegria eterna em uma paisagem de sonho, tendo na entrada do portão celestial um gigantesco escudo do glorioso Verdão, abrindo para um imenso campo de futebol onde milhares de atletas jogam em paz, com o belo uniforme do Palestra.

Porém, o palmeirense não está feliz. São Pedro se acerca e pergunta:

– Que sucede, filho meu, que não te vejo desfrutar do Paraíso?

– Não sei – responde, reticente – ... estou sentindo falta de alguma coisa...

– Sem problemas, mas aqui todos são Palmeiras. E sempre chegam todos os teus amigos da gloriosa torcida verde – diz o santo.

– Isso é verdade – diz o torcedor. Porém, não me faz completamente feliz.

— Por acaso queres conhecer o inferno, só pra ver se no outro lado vais te sentir melhor, mais confortável?

— Sinceramente, São Pedro, gostaria de uma passadinha por lá. Dar uma espiada rápida...

Nem bem acabou de falar, subitamente o palmeirense se vê parado no meio de uma imundície, respirando um ar pestilento, rodeado de diabos malíssimos que se divertem chicoteando corintianos que estão dentro de um caldeirão fervendo.

São Pedro então acrescenta:

— Como estás vendo, a única coisa que tu podes fazer aqui é ver os gaviões da fiel sofrendo o merecido.

E o palmeirense, gratificado:

— Justamente, meu santo... é por aqui mesmo que eu quero ficar!

PERGUNTAR NÃO OFENDE

— Quantos corintianos decentes e honestos são precisos para trocar uma lâmpada?

— Os dois que existem!

O FANÁTICO E O BAIXINHO

Na lanchonete do Parque São Jorge, um brutamontes encabeçava a fila de fanáticos que aguardavam abrir o estabelecimento.

Era cedo, fazia muito calor e todos estavam desesperados para tomar a primeira cerveja. Nisso, um baixinho se mete na frente do líder dos fanáticos, que lhe dá um chega-pra-lá.

O baixinho se mete outra vez na frente de todos e o grandalhão dos fanáticos enfia um murro na cara do baixinho. O baixinho não desiste e volta com a cara inchada, insistindo em furar a fila.

O gigante fanático pega o baixinho pela goela, o levanta do chão, dá umas boas chacoalhadas e diz:

— Baixinho fedido! Oh, anão, ainda acredita que vai passar na minha frente?

E joga o baixinho pro alto, que voa longe e se esborracha no chão. O baixinho se levanta, ajeita o cabelo, bate a sujeira da roupa e desafia o brutamontes fanático:

— Você não vai me deixar passar?
— NÃÃOOOO!!! Não e não!!! – ruge o fanático.
— Muito bem! – diz o baixinho – tirando um molho de chaves do bolso – Então vocês que se fodam, porque hoje eu não abro mais essa lanchonete!

SÓ PODIA SER!

Uma mulher muito bonita entra na delegacia de polícia, gritando:
– Polícia! Polícia!... Um corintiano me violentou!
– E como você sabe que era um corintiano? – pergunta o delegado.
– Só podia ser, doutor... eu precisei ajudar!

DA MESMA QUADRILHADA

Dois dirigentes do Corinthians, presos por evasão de renda, na cela da prisão:
— Quantos anos você pegou?
— Peguei vinte. E você?
— Ah, eu peguei trinta. Como você vai sair primeiro, pode ocupar a cama mais perto da porta.

LIÇÃO

De um palmeirense para um corintiano, encerrando a discussão:
– Não adianta. Não vou discutir com você!
– Ah, é? E por que não?
– O freguês tem sempre razão...

HOSPÍCIO TOTAL

Depois de levar cinco cacetadas seguidas e visitar a zona de rebaixamento, no Brasileirão de 2007, o corintiano ficou tão doidão que telefonou para o Corpo de Bombeiros, avisando que estava pegando fogo na sede do clube.

Os bombeiros chegaram em cinco minutos e foram logo perguntando:

– Onde é o fogo?

E o corintiano maluco:

– Vocês vieram tão depressa, que eu ainda nem acendi.

EFEITOS DO PESADELO

Depois de ver o timinho do Corinthians começar a dar vexame e freqüentar a zona de rebaixamento do Brasileirão 2007, o sujeito pirou e foi parar no hospício.

Encontrou por lá um amigo, também corintiano, e resolveu fazer uma confidência:

– Vou fugir daqui hoje à noite, usando uma escada para passar por cima do portão.

Dia seguinte ele ainda está por lá e o amigo pergunta:

– Você não ia fugir, pulando o portão?
– Não deu. O portão estava aberto!

QUESTÃO DE PRECEDÊNCIA

O todo-poderoso presidente do Corinthians, fazendo uma visita de inspeção no Centro de Treinamento, entra na sala de um funcionário do clube.

Vendo uma ponta de cigarro no chão, o maioral fala:

– Essa ponta de cigarro no chão é sua?

E o funcionário, quase se borrando nas calças:

– Não, senhor presidente. O senhor a viu primeiro... então é sua!

TADINHO DELE

Corintiano mentiroso, babaca, prepotente e corno abre a porta do guarda-roupa e se depara com o melhor amigo lá dentro.

Resolve fazer um discurso:

– Mas, você! Logo você, fulano, que apesar de palmeirense sempre foi meu melhor amigo! Escondendo-se no guarda-roupa, só pra assustar o meu filho?!?

FOI DE ROER

Campeonato Brasileiro, o Corinthians mais uma vez sua para não cair para a segunda divisão, duas curingonas conversando no Pacaembu:

– Consegui que o meu marido finalmente parasse de roer as unhas depois das derrotas do Timão.

– Foi difícil?

– Facílimo! Foi só esconder a dentadura.

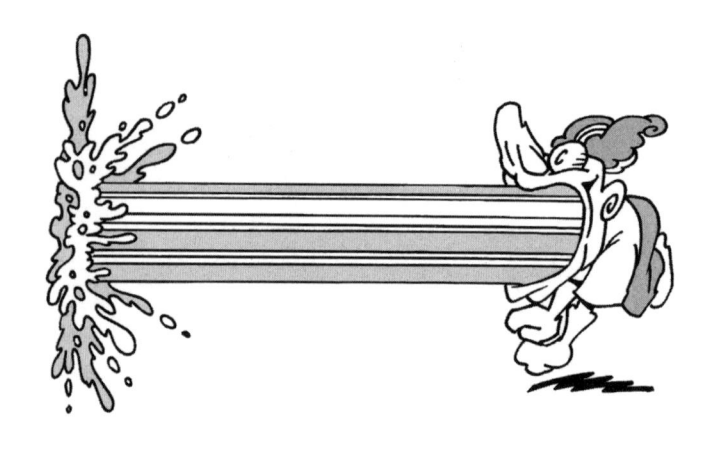

REAÇÃO LEGÍTIMA

— O que você sente ao passar pelas imediações do Parque São Jorge?
— Um sentimento de profundo asco. Um nojo. Certa vontade de vomitar...

A MORTE DO PIT BULL

Dois adolescentes estavam a caminho de casa, depois do colégio, quando um deles foi atacado por um pitbull muito feroz. O outro pegou um pedaço de pau e bateu no cachorro pra salvar o amigo.

Então parou um repórter e disse:

— Esta matéria eu não posso perder! E já sei o que eu vou escrever! "Jovem corintiano enfrenta cão feroz pra salvar seu inocente amigo"!

Então o jovem disse:

— Eu não sou corintiano!

Aí o repórter começou:

— Jovem tricolor enfrenta cachorro pra salvar o amigo!

Mas o rapaz insiste:

— Eu não sou tricolor!

E o repórter, já nervoso, pergunta:

— O que você é então?

O garoto diz:

— Eu sou Palmeiras!

No outro dia, saiu assim na coluna do jornalista, corintiano fanático:

— Delinqüente palmeirense assassina cão inofensivo!

O SUICIDA

Um homem desesperado, desiludido de tudo, subindo ao 20º andar do edifício mais alto da Avenida Paulista, encontrou uma sala vazia, entrou, trancou a porta, subiu na janela, tomando coragem para pular e acabar com a sua vida.

Começou a juntar uma enorme multidão de curiosos . Todos olhando para cima, esperando a qualquer momento que o infeliz saltasse e se esborrachasse no chão. Algumas mulheres choravam nervosas, outras rezavam, os distintos cavalheiros que fazem ponto por ali gritavam palavras animadoras. E o suicida, indiferente ao que se passava lá embaixo, preparando-se para pular.

Entretanto, apareceram os bombeiros, a imprensa, o trânsito parou, engarrafamento total nas ruas vizinhas ao Centro. Os bombeiros subiram ao andar e tentaram arrombar a porta, mas era blindada e não conseguiram. Eis que um valente bombeiro consegue entrar em um apartamento ao lado.

Debruçado no parapeito, o bombeiro tenta conversar com o suicida, para que ele não cometa aquele ato insano:

— Pensa nos teus pais, como eles vão sofrer! — implorou o bombeiro.

— Eu sou órfão!

— Então pensa na tua mulher, nos teus filhos que vão ficar desesperados!

— Eu sou solteiro!

— E a namorada?

— Não tenho namorada!

Aí o bombeiro ficou atrapalhado, sem saber mais o que dizer. Mas teve uma idéia:

Então pensa no Palmeiras, meu amigo! Na nossa nação Verde, no time que já teve Ademir da Guia, Dudu, Djalma Dias... Que foi tantas vezes campeão brasileiro, pensa nas tantas glórias do Parque Antártica. Palmeiras! Palmeiras! Pameiras!

O suicida mandou de trivela:

— Eu sou corintiano, poxa.

— Corintiano??? Então pula, filho da mãe! Tá esperando o quê???

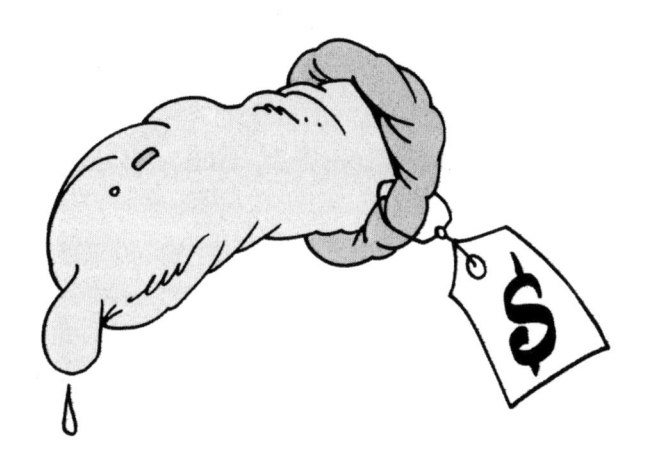

A VIDA SEXUAL DO CORINTIANO

– O que faz um torcedor do Curingão depois de fazer amor?
– Paga!

MAL, MUY MAL

Num início de temporada, o Corinthians foi treinar no interior do estado. O treinado do clube ia ao desespero, vendo sua equipe titular perdendo uma atrás da outra para um combinado de várzea. Preocupado, pediu conselhos a um treinador argentino, famoso por suas técnicas européias.

– A tus muchachos les está faltando cintura en el drible! – diz o argentino. – Tenés que hacerlos correr en zig-zag llevando la pelota entre cones de plástico, y vas a ver como mejoram el control de la pelota en espacio pequenito.

O técnico resolve comprovar o conselho e manda comprar dezenas de cones de plástico. Duas semanas depois, o velho treinador argentino liga para o diretor técnico do Corinthians e pergunta:

– Entonces? Como anda la cosa con que te aconsejé? El cone de plástico, muy bien?

– Mal, muy mal!!! – confessa o técnico corintiano. – Os cones de plásticos acabam de nos vencer por 4 a 0!!!

A NOITE DO BAIXO-ASTRAL

Depois de escapar do rebaixamento quase que por milagre, naquele ano do Campeonato Brasileiro, dois corintianos foram beber para esquecer. No bar, pegaram duas piranhas, como sempre, e rumaram para um motel.

O problema é que um deles estava tão deprimido que não conseguia uma ereção. Ele, coitado, se deprimia cada vez mais ao escutar o seu companheiro exclamando, no apartamento ao lado:

— Um, dois, três...huh! Um, dois, três...huh! - isso durante toda a noite.

Na manhã seguinte, o que passou a noite toda contando e gritando um, dois, três...huh!, perguntou ao outro:

— Então, como foi?

— Um papelão! Não aconteceu nada. Não levantava nem com um guincho!

— Orra, meu! E tu chamas isso de papelão? Pior foi comigo, que nem sequer consegui subir na cama!

MEGALOMANIA CORINTIANA

Faltando poucos dias para inaugurar o estádio do Parque São Jorge, o presidente do Corinthians daqueles dias (ninguém se lembra mais do nome), procurou um psiquiatra.

Deitou-se no divã e confessou:

— Doutor, estou tão nervoso que não sei por onde começar.

O psiquiatra tentou ajudar:

— Comece pelo princípio.

— Bem, no princípio era a Nação Corintiana. Depois nós criamos o Céu e a Terra...

ECONOMIA TOTAL

Depois de tanto dirigente que assume o clube só para se dar bem (e ferrar o clube, claro), a situação financeira do Corinthians é periclitante. Os diretores, coitados, quando viajam, com o dinheiro da diária, comem o pão que o diabo amassou.

Aconteceu numa dessas viagens do time, pra treinar no interior paulista. O diretor perguntou ao motorista do ônibus:

— Quanto custa para levar a delegação até o estádio?

— Mil reais.

— E a bagagem?

— A bagagem, eu levo de graça.

E o diretor da massa falida:

— Então leva as malas, que nós vamos todos a pé.

ESCULTURA

Sujeito estava no meio da praça, com um monte de cocô na mão, fazendo uma escultura.
Passou um torcedor do Palmeiras e perguntou:
— O que você está esculpindo aí?
— Um palmeirense.
— Ah, é? Por que você não esculpe um corintiano?
Um brinde à resposta do escultor:
— Porque o cocô que eu tenho aqui não é suficiente.

CONCILIAÇÃO

Após muitas brigas, o casal estava se separando. Mas havia um problema maior a ser resolvido: com quem ficaria o Júnior?

Acharam melhor perguntar a ele:

— Júnior, você quer ficar com o papai ou com a mamãe?

Após pensar muito, o moleque deu a resposta:

— Com nenhum dos dois. Eu quero ir morar com o time do Corinthians.

— Por quê? — perguntaram os pais.

— Porque a mamãe me bate muito e o papai também. O time do Corinthians, pelo menos, não bate em ninguém.

FIEL BANDIDA

— Sabem por que corintiano gosta tanto de tocar cavaquinho?
— Porque é o único instrumento que dá para tocar algemado.

BOLA DIVIDIDA

EM BRAILE

— Sabe por que o placar eletrônico do jogo do Corinthians fica desligado?
— Pra que placar? A torcida não sabe ler mesmo...

TRIUNVIRATO

Sabem quais são os novos patrocinadores do Corinthians?

A Toyota, a Mitsubishi e a Volkswagen... A Toyota para tirar eles da lama, a Mitsubish para melhorar a imagem e a Volkswagen para ensinar como fazer Gol.

MAIS PROTESTOS

Além dos ecologistas, os sem-terra também estão protestando.
Eles querem a desapropriação do Parque São Jorge, por ser terra improdutiva!

DIFERENÇAS

— Sabe a diferença entre um gambá, o Maradona e o Corinthians?
— Sei. O gambá fede, o Maradona cheira e o Curingão não fede nem cheira.

SOMBRA E ÁGUA FRESCA

Depois das últimas campanhas nos campeonatos que tem disputado, o Corinthians resolveu procurar novo patrocinador:

O Rider.

E deu férias para os pés, o corpo e, sobretudo, a cabeça dos jogadores.

PARCERIA

A Parmalat e o Corinthians acabam de assinar um acordo, onde ambos vão produzir leite em caixa.

A Parmalat entra com o leite. O Corinthians, com o papelão.

ALEGRIA DA GALERA

Um palmeirense e um corintiano encontram-se no bar. O palmeirense pergunta:
– Sabia que o Corinthians vai contratar o Renato?
Surpreso, o corintiano quer saber:
– O Renato Gaúcho? Mas ele nem joga mais.
– Não, seu bobo. O Renato Aragão.
– Para quê?
– Para ver se a torcida, que anda tão triste, consegue sorrir.

BOLA DIVIDIDA

CARTÃO DE CRÉDITO

— Sabe qual o melhor cartão de crédito? O do Corinthians.
— Por quê?
— Não vence nunca!

URUBU MALANDRO

Decisão do Campeonato Paulista, Morumbi lotado. O juiz apita e o jogo começa.

– 40 mil pessoas, 22 jogadores, um juiz e dois bandeiras...

Sujeito olha pro lado, na torcida do Corinthians. Era um gavião que havia falado como que para si mesmo.

Falta na entrada da área. A torcida se excita, o atacante arruma a bola e... ouve-se o corintiano:

– 40 mil pessoas, 22 jogadores, um juiz e dois bandeiras...

O sujeito já fica invocado, com vontade de meter a mão na cara do outro. A bola foi desviada pela barreira, escanteio.

– 40 mil pessoas, 22 jogadores, um juiz e dois bandeiras...

– Que merda é essa, rapaz? Tá maluco?! – rosna o torcedor incomodado.

O chato fez que nem era com ele:

– 40 mil pessoas, 22 jogadores, um juiz e dois bandeiras...

Aí, o cara perdeu de vez a paciência:
— Que saco! Você está me irritando com essa história de 40 mil pessoas, 22 jogadores, um juiz e dois bandeiras...

O gavião resolve esclarecer:
— Pra você ver. Com tanta gente nesse estádio, vem o urubu e caga justo na minha cabeça!

NOVA CARREIRA

— Sabe por que o Maradona quer vir jogar no Corinthians?
— Porque é a única droga que ele ainda não experimentou.

POLUIÇÃO

– Sabe qual é a semelhança entre o Corinthians e o Rio Tietê?
– Você só vê porcaria correndo...

PAPO DE CORINTIANOS

Certo dia, um cientista estrangeiro veio visitar o Brasil. Ao chegar não sabia como fazer para se relacionar com os brasileiros, pois não tinha noção do grau de inteligência que possuíam. Então resolveu perguntar pessoalmente para cada um que ele entrevistasse.

Na primeira tentativa, ele perguntou:

– Olá! Posso saber qual o seu Q.I.?

E o rapaz boa pinta lhe respondeu:

– 128...

Então ele teve uma longa conversa com o camarada, falaram sobre o dólar, FMI, PIB etc.

O cientista seguiu seu caminho e encontrou uma mulher. Não hesitou e fez a mesma pergunta:

– Olá! Posso saber qual o seu Q.I.?

E a mulher respondeu:

– 72...

Então ele conversou com ela sobre família, casa, comida etc. Despediu-se gentilmente e foi embora, em busca de mais alguém para entrevistar.

No caminho encontrou um rapaz mal-vestido, sem postura, e foi lhe perguntar:

– Olá! Qual o seu Q.I.?

E o cara lhe disse:

– 28...

O cientista se empolgou e disse:

–Pô, xará, beleza pura! Como vai essa força? Como vai o nosso Curingão?

FERRO PURO

— Quem vai ser o próximo patrocinador do Corinthians?
— É a Vale do Rio Doce, claro. Esse timinho só leva ferro.

NEM DEUS

Um torcedor do Corinthians, na Igreja de São Jorge, rezando, pergunta:
— Senhor, quando o meu Timão será novamente campeão brasileiro?
Para seu espanto, ouve uma voz que diz:
— Meu filho, alguns dizem que só Deus sabe. Mas garanto, isso nem eu sei!

CACHORRADA

Dois amigos estavam conversando e um deles diz:

– Sabia que meu cachorro torce para o Corinthians?

O outro perguntou:

– E como é que você sabe?

– Porque quando o Corinthians perde ele vai para a casinha e fica chorando. Quando o Timão empata ele vai para a cozinha e fica lá todo envergonhado!

O amigo pergunta:

– E quando o Corinthians ganha?

– Ainda não sei, só tenho o cachorro há um ano...

ECOLOGIA

— Por que a camisa de time mais ecológica do mundo é a do Corinthians?
— Porque tem sempre um gavião dentro.

EXIGÊNCIAS

Corintiano decide mudar de atitude em casa. Chega todo machão e ordena à mulher:
— Eu quero que você prepare uma refeição dos deuses para o jantar e, quando eu terminar, espero uma sobremesa divina.

Depois do jantar você vai me preparar um uísque e um banho, porque eu preciso relaxar. E tem mais: quando eu terminar o banho, adivinha quem vai me vestir e me pentear?

A mulher, que até então ouvia calada, perde a paciência:
— O homem da funerária, claro.

INACREDITÁVEL

Era um jogo decisivo, entre Palmeiras e Corinthians.

De repente, o juiz marca uma falta na entrada da área, a favor do Verdão. O jogador vai para a cobrança, e a barreira corintiana formada está toda de costas para a bola.

– Vocês vão ficar de costas para a bola? – pergunta o juiz, estranhando a atitude dos malucos.

– Mas, claro! – justifica um dos jogadores. – O senhor acha que nós vamos perder um golaço desses?

UMA...

— Sabe quem vai ser o novo técnico do Corinthians?
— O Olavo, aquele personagem da novela "Paraíso Tropical", vivido pelo ator Wagner Moura. Lembra?
— Ah, é? Por quê?
— Porque ele conseguiu tirar até a Bebel (lembram?) da zona.

... E OUTRA!

– Sabe como se colocam quatro corintianos sentados em um banco?
– Vira o banco e senta um em cada perna.

PELADA A BORDO

Devido à superlotação de cabeças-de-bagre no Parque São Jorge, a diretoria do Corinthians resolveu transferir alguns para o Centro de Treinamento que montou, em outra cidade, embarcando todo mundo em um avião.

Já em pleno vôo, o piloto tentava convencer os "atletas", pelo rádio, a pararem de jogar futebol dentro do avião, até que teve que apelar para o co-piloto:

– Pelo amor de Deus, vai falar com esse perebas! Talvez eles atendam você, se for falar pessoalmente!

O co-piloto sai da cabine e vai ter com os jogadores do Corinthians. Depois de pouco tempo, ele volta e o silêncio é total.

— Incrível! — aplaudiu o piloto. — Como você conseguiu fazer esses malucos pararem?

— Foi fácil – respondeu o co-piloto. – Eu mandei eles jogarem bola na rua!

HORA DA XEPA

– Sabe quando corintiano toma laranjada?
– Quando sai briga na feira

VÃO TER QUE ESPERAR

O Presidente do Palmeiras marca uma reunião com Deus. Chegando lá, ele pergunta:
— Senhor Deus, eu gostaria de saber se o Palmeiras será campeão do mundo?

Deus consulta seu livro, flap, flap (virando as páginas do livro), e diz:
— Sim, o Verdão será campeão do mundo, ainda na sua gestão.

O presidente do Cruzeiro, curioso, também marca uma reunião com o Todo-Poderoso:
— Senhor Deus, e o meu time também será campeão do mundo?

Deus consulta seu livro, flap, flap, flap, flap, flap e diz:

— Será, sim, o Cruzeiro será campeão do mundo, mas não na sua gestão.

O presidente do Flamengo também marca uma reunião com Deus:

— Senhor, o Flamengo será campeão do mundo?

Deus consulta seu livro, flap, flap, flap, flap e continua virando páginas, flap, flap,flap, flap e diz:

—Será sim, o Flamengo será campeão do mundo, mas não na sua gestão, nem na do próximo.

Aí, a torcida curingada faz a maior pressão na diretoria, e o presidente do Corinthians também marca uma reunião:

— Senhor Deus, e o Timão será campeão do mundo?

Deus consulta seu livro, flap, flap, flap, flap, flap,flap, flap, flap, flap, flap, flap, flap, flap, flap,flap, flap, flap,flap, flap, flap, flap, flap, flap,flap, flap, flap, flap, flap, flap, flap, flap, flap,flap, flap, flap, flap, flap, flap, flap, flap, flap,flap, flap, flap, flap, flap, flap, flap, flap, flap,flap, flap, flap, flap, flap, flap, flap, flap, flap, flap,flap, flap, flap, flap, flap, flap, flap, flap,flap, flap, flap, flap, flap, flap, flap, flap, flap,flap, flap, flap, flap, flap, flap, flap,flap, flap, flap, flap, flap, flap, flap,flap, flap, flap.

Depois pega outro livro, flap, flap, flap, flap, flap, flap,flap, flap, flap, flap, flap, flap, flap, flap, flap,flap, flap, flap, flap, flap, flap, flap, flap,flap, flap, flap, flap, flap, flap, flap, flap, flap,flap, flap, flap, flap, flap, flap, flap,flap, flap, flap, flap, flap, flap, flap, flap, flap, flap, flap, flap,flap, flap, flap, flap, flap, flap, flap, flap, flap, flap, flap, flap, flap, flap, flap,flap, flap, flap, flap, flap, flap,flap, flap, flap, flap, flap, flap, flap, flap,flap, flap, flap, flap, flap, flap,flap, flap, flap, flap, flap e diz:

– Ufa! Tá aqui! O Corinthians será campeão do mundo, sim..... Mas não na minha gestão!

É DIFÍCIL

Torcedor do Corinthians encontra um gênio da lâmpada:

– Vamos lá, meu amigo. Você tem direito a três pedidos.

– Seu gênio, eu estou com tanta saudade da minha mãezinha que se foi – choraminga o gavião.

– Nem pensar! – berra o gênio. – Ressuscitar mortos, não! Isso é muito difícil. Faça outro pedido.

– Então, eu queria a alegria de ver o Corinthians ser campeão brasileiro!

O gênio pensa, pensa e reconsidera:

– Está bem. Qual o nome da sua mãe mesmo?

MANIA DE GRANDEZA

Quatro corintianos mentirosos (como a maioria deles), tomando um chopinho de fim de tarde em Pinheiros e contando vantagens:

– Tenho muito dinheiro, quero comprar o Bank Boston – diz o primeiro.

– Sou muito rico. Comprarei a General Motors – diz o segundo corintiano.

– Sou um magnata. Vou comprar a Microsoft – diz o terceiro.

E o quarto corintiano, que até então só escutava, dá um gole no chope, faz uma pausa, e diz:

– Não vendo!

PODER DE COMPRA

– Sabe qual é a diferença entre o Corinthians e o salário mínimo?
– Sei. É que o salário mínimo você ganha, ganha e não compra nada. E o Corinthians você compra, compra... mas também não ganha nada.

MÉDICO É MÉDICO

Tinha um médico no Corinthians que era de um profissionalismo exemplar.

Num jogo no Pacaembu, pelo Campeonato Paulista, a partida estava modorrenta. De dar sono.

A comissão técnica jogava um baralhinho enquanto a bola rolava quadrada. O único ainda atento nas jogadas era o massagista. De repente, o beque do time adversário entra de sola na canela do atacante corintiano, com tanta força que o estalo acorda o estádio.

— Doutor, corre que o caso é grave! — alertou o massagista.

E o médico, bem distraído:

— É convênio ou particular?

BOLA DIVIDIDA

RECORDE

Atleta corintiano vai parar no Departamento Médico do clube, ardendo em febre.

O doutor puxa o termômetro e enfia na boca do craque. Depois tira e confere.

– Como estou, doutor? – pergunta ele.
– Trinta e nove – diz o médico.
– E qual o recorde no Brasileirão?...

O PAPAGAIO CORINTIANO

Tinha um zagueiro do Corinthians que adorava papagaios. Certo dia entrou num bar das imediações do Parque São Jorge com um dos seus tantos papagaios no ombro.

O garçom perguntou:

– O animal fala?

O papagaio se antecipou:

– O animal fala. E eu também!

PERGUNTAR NÃO OFENDE

— O que é um corintiano inteligente?
— Um desperdício!

LUIS PIMENTEL
é jornalista e escritor, com duas dezenas de livros publicados entre contos, poesia, infanto-juvenil e textos de humor. Trabalhou em diversas publicações do gênero, como *O Pasquim*, *MAD*, *Ovelha Negra*, revista *Bundas* e *Opasquim21*. Lançou em 2004 o livro de referência *Entre sem bater – o humor na imprensa brasileira* (Ediouro). É autor, juntamente com Dante Mendonça, dos livros *Piadas de sacanear flamenguista* (para alegria de vascaíno) e *Piadas de sacanear vascaíno* (para alegria de flamenguista), co-edições Myrrha-Fivestar.

AMORIM
É chargista de dezenas de jornais e revistas pelo país e já contraiu diversos prêmios nacionais e internacionais com seu trabalho. Mas nada que não tenha sido resolvido com um chazinho. É músico (toca campainha), ator (às vezes finge-se de morto) e empresário do agribusiness (publica toneladas de abobrinhas por safra) e, nas horas vagas, pratica exumação de cadáveres só para tirar o corpo fora e não se comprometer com tudo isso que aí está!!!

Características deste livro:
Formato: 12 x 17 cm
Mancha: 9 x 14 cm
Tipologia: Humanst
Papel: Ofsete 90g/m² (miolo)
Cartão Supremo 250g/m² (capa)
Impressão: Sermograf
1ª edição: 2008